D1469449

A LOMO DE CUENTO
POR CUBA

COLECCIÓN A LOMO DE CUENTO

El güije de la charca

Sergio Andricaín
Antonio Orlando Rodríguez

ILUSTRADO POR ROGER YCAZA

loqueleo

loqueleo

© De esta edición:
2019 by Vista Higher Learning, Inc.
500 Boylston Street, Suite 620.
Boston, MA 02116-3736
www.vistahigherlearning.com

www.loqueleo.com/us

© Texto del cuento: 2018, Sergio Andricaín y Antonio Orlando Rodríguez

Dirección Creativa: José A. Blanco
Editora General: Sharla Zwirek
Dirección Editorial: Isabel C. Mendoza
Dirección de Arte y Diseño: Ana Palmero Cáceres
Ilustración del cuento: Roger Ycaza
Ilustración del mapa: Alejandro Villén
Texto informativo: Equipo editorial del Departamento de Libros Infantiles de Santillana USA

Loqueleo es un sello editorial del **Grupo Santillana**. Estas son sus sedes:
ARGENTINA, BOLIVIA, BRASIL, CHILE, COLOMBIA, COSTA RICA,
ECUADOR, EL SALVADOR, ESPAÑA, ESTADOS UNIDOS, GUATEMALA,
MÉXICO, PANAMÁ, PARAGUAY, PERÚ, PORTUGAL, PUERTO RICO,
REPÚBLICA DOMINICANA, URUGUAY Y VENEZUELA.

A lomo de cuento por Cuba: El güije de la charca
ISBN: 978-1-68292-130-2

Todos los derechos reservados. Esta publicación no puede ser reproducida,
ni en todo ni en parte, ni registrada en o transmitida por un sistema de
recuperación de información, en ninguna forma ni por ningún medio,
sea mecánico, fotoquímico, electrónico, magnético, electroóptico,
por fotocopia o cualquier otro, sin el permiso previo, por escrito, de la editorial.

Published in the United States of America

Printed in the United States by Worzalla

1 2 3 4 5 6 7 8 WZ 23 22 21 20 19

El güije de la charca

En la villa de San Juan de los Remedios, en Cuba, todos hablaban del güije, un duende pequeño, ágil y pillo que vivía oculto en lo hondo de una charca del río La Bajada.

El güije era muy amigo de hacer bromas y travesuras, y raro era el día en que los vecinos de aquel pueblo no lo mencionaban.

—Anoche alguien abrió la puerta del corral y los animales se escaparon.

—¡Ese fue el güije!

—De madrugada tocaron a mi puerta y cuando abrí no había nadie.

—¡Ese fue el güije!

—Una camisa que había puesto a secar en el patio desapareció.

—¡El güije! ¡El güije! ¿Quién más podría ser?

La gente contaba que aquel duende había llegado a Cuba desde la lejana África. Lo habían traído encerrado en una vasija de barro, en un barco lleno de esclavos. Pero la vasija se rompió cerca de Remedios y el güije quedó libre y se escondió en el río, donde llevaba viviendo muchísimos años.

A aquel misterioso personaje le echaban la culpa de todo. Si una sopa quedaba salada, la cocinera decía que el duende le había echado un puñado de sal a la olla. Si una guitarra amanecía desafinada, su dueño juraba que era culpa del güije. Si alguien rabiaba de dolor de muelas, no faltaba quien asegurara que era por culpa de un maleficio suyo.

El duende se dejaba ver muy poco. A veces, se asomaba un momento entre las aguas para salpicar a las lavanderas y reírse de ellas. Otras, aparecía en los caminos para asustar a los caballos. Y en ocasiones, cuando un grupo de niños, desobedeciendo a sus padres, se bañaban en la charca, retozaba con ellos y les jalaba los pies.

Muchas veces habían intentado atraparlo para poner fin a sus diabluras. Pero, cuando los vecinos iban a buscarlo, el duende desaparecía. Durante varios días no se sabía nada de él.

—Quizás se asustó y se fue a vivir a otro río —comentaban unos.

—Tal vez nunca vuelva por acá —decían otros.

Sin embargo, la tranquilidad no duraba mucho. Al poco tiempo, el güije empezaba a hacer de las suyas otra vez: les aflojaba las herraduras a las mulas, llenaba de garabatos los cuadernos del juez o le cortaba el bigote a un soldado que se quedaba dormido haciendo guardia...

Un día llegó a Remedios un viajero que no tardó
en enterarse de todas las historias sobre el duende.
Entonces, en medio de la plaza y delante de un montón
de gente, el forastero le comentó al gobernador de la
villa que él conocía una manera de atrapar al pícaro
del río de La Bajada.

—Para atrapar al güije, deben ir a buscarlo siete
hombres dentro de sietes días, cuando sea la
noche de San Juan.

Varios vecinos se ofrecieron enseguida para participar
en la expedición.

—¡Un momento! —dijo el recién llegado—. Falta
un detalle muy importante: los siete hombres tienen que
llamarse Juan.

—Eso no es ningún problema —dijo el gobernador—.
Aquí tenemos muchos Juanes. ¡Que vengan todos
inmediatamente!

Un rato después, los siete Juanes estaban en la plaza. Y Juan Listo, Juan Dormilón, Juan Gracioso, Juan Calzones, Juan Patudo, Juan Tijeras y Juan Relámpago se comprometieron a atrapar al güije en la noche de San Juan.

Una semana más tarde, cerca de la medianoche, los siete Juanes salieron del pueblo en un carretón rumbo a la charca. Llevaban varias sogas, una red de pescar y un barril donde pensaban encerrar al güije en cuanto lo capturaran.

Iban entusiasmados, pero también nerviosos. Si lograban cumplir su misión, se convertirían en héroes. Pero... ¿y si el duende no salía del agua? O, peor aún, ¿qué pasaría si salía, pero se les escapaba? Todo el pueblo se burlaría de ellos.

Por fin llegaron y se situaron alrededor de la charca. Desde sus posiciones podían ver el agua oscura y quieta.

Entonces, Juan Listo abrió una bolsa y sacó de su interior un plato cubierto con una servilleta. Al destaparlo, todos pudieron ver unos chicharrones de cerdo. Y no solo los vieron: también los olieron. ¡Estaban muy apetitosos!

Según el viajero, la mejor manera de atrapar a un güije era tentándolo con unos deliciosos chicharrones. Y los siete Juanes no tuvieron que esperar mucho para descubrir si el truco funcionaba.

A los pocos minutos, se oyó un chapoteo, el agua de la poza comenzó a moverse y el güije se asomó olfateando.

Ese era el momento que esperaban los Juanes.

—¡Ahora! —gritó Juan Relámpago.

—¡Que no se escape! —añadió Juan Tijeras.

Y entre todos lanzaron la red, que cayó sobre el güije convirtiéndolo en su prisionero.

Enseguida lo sacaron de la charca, lo encerraron en el barril y se lo llevaron en el carretón rumbo a Remedios.

En la plaza del pueblo había un gentío esperándolos.

—¡Traemos al güije! —avisaron Juan Listo, Juan Dormilón, Juan Gracioso, Juan Calzones, Juan Patudo, Juan Tijeras y Juan Relámpago. Y todos empezaron a aplaudir.

El gobernador anunció que él mismo encadenaría al malhechor y lo metería en la cárcel.

Los Juanes destaparon el barril y al instante aparecieron dos ojitos que miraron con curiosidad a su alrededor.

—¡El güije! ¡Es el güije! —gritó la gente.

Pero, antes de que alguien pudiera sacarlo del barril, el prisionero dio un enorme salto, que dejó sorprendidos a todos, y escapó rumbo a su charca. Los Juanes intentaron darle alcance, pero fue inútil. El güije, más que correr, volaba. Si se escondió o no en su refugio del río, eso nunca se supo. Lo cierto es que, desde esa noche, no volvió a molestar con sus picardías a los vecinos de San Juan de los Remedios. ¿Acaso se fue a vivir a otra charca? ¡Quién lo sabe!

FLORIDA

Los Colorados

LA HABANA

Matanzas

Pinar del Río

Los Canarreos

Isla de la Juventud

Cienfuegos

El güije de la charca es un cuento tradicional cubano.

¿Qué sabes de Cuba?
Exploremos este maravilloso país
montados en este cuento...

ISLAS CAIMÁN

Golfo de México

A LOMO DE CUENTO POR
CUBA

ANTILLAS

Jardines del Rey

Ciego de Ávila

Camagüey

Holguín

Jardines de la Reina

Bayamo

Santiago de Cuba

Guantánamo

Mar Caribe

HAITÍ

JAMAICA

CUBA

La República de Cuba es un archipiélago del mar Caribe compuesto por la isla más grande de las Antillas, llamada Cuba, la isla de la Juventud y 4195 cayos, islotes e islas pequeñas. La isla de Cuba tiene una extensión de 42 426 millas cuadradas y en ella viven unos once millones de personas. Su capital es La Habana.

Malecón de La Habana

La Habana Vieja

Catedral de La Habana

¿SABES CUÁL ES LA FLOR NACIONAL DE CUBA?

La mariposa, de pétalos blancos y exquisita fragancia. Esta planta es originaria de Asia y llegó a la isla en el siglo XIX.

20

Esta isla, cuya forma recuerda la de un caimán, está ubicada a 90 millas de Cayo Hueso, en el estado de Florida, con el que limita por el norte. Por el sur está a 87 millas de Jamaica; por el este, a 48 millas de Haití y por el oeste limita con la península de Yucatán, México, que está a 130 millas de distancia.

Varadero

Mogotes de Viñales

La tierra del güije

El güije de nuestro cuento vivía en San Juan de los Remedios o simplemente Remedios. Es una de las ciudades más antiguas de Cuba y fue declarada Monumento Nacional porque conserva muchas construcciones que datan de la época de la colonia. Entre ellas, la Iglesia Mayor San Juan Bautista que cuenta con 13 altares cubiertos de oro que fueron escondidos bajo varias capas de pintura para evitar que los piratas de la época la saquearan. Remedios también es famosa por sus "parrandas", fiestas navideñas en las que los barrios compiten presentando sus carrozas, bailes y fuegos artificiales.

POBLACIÓN DIVERSA

Los diferentes Juanes que se encargaron de atrapar al güije reflejan la diversidad y el mestizaje de la población de Cuba. Cuando llegaron los españoles en 1492, durante el primer viaje de Cristóbal Colón al Nuevo Continente, la isla estaba poblada por grupos de aborígenes con diferentes grados de desarrollo; la mayoría fueron exterminados y los pocos que quedaron se fueron mezclando con los colonizadores provenientes de diferentes regiones de España y con esclavos africanos. A estos se sumaron después inmigrantes de otras nacionalidades, con una notable presencia de chinos. Por todo esto, Cuba es un país multiétnico y multicultural.

Leyendas y mitos afrocubanos

Los hombres y mujeres que fueron arrancados de su natal África y llevados a Cuba para trabajar como esclavos, trajeron consigo una rica tradición oral. El güije que protagoniza este cuento es un popular personaje de la mitología afrocubana.

El pueblo yoruba, proveniente del territorio que hoy se identifica como Nigeria, enriqueció el folclor de la isla con antiguas leyendas que hablan de orishas (dioses) como Obatalá, creador de la Tierra; Yemayá, divinidad de los mares; Oshún, la diosa de los ríos; Shangó, señor de los rayos y del fuego; y Eleguá, dueño de los caminos.

¡Música, maestro!

El baile es una costumbre muy arraigada en Cuba. Ritmos africanos y españoles dieron origen al son cubano, uno de los géneros musicales de América más conocidos en el mundo. Se dice que la salsa, otro ritmo musical muy popular, es "hija" del son cubano. También se han difundido internacionalmente el chachachá y el mambo.

De igual manera, existen el jazz cubano y un rap propio de la isla que tiene influencia tanto de Estados Unidos como de Jamaica.

Otros géneros musicales nacidos en la isla son el danzón, la rumba, la guaracha, el guaguancó y el changüí.

Parque Nacional Alejandro de Humboldt

Cuba tiene una enorme riqueza natural. En esta pequeña isla viven más de 20 000 especies de plantas y animales, y casi la mitad son endémicas, es decir, solo se encuentran en este lugar del planeta. Especies como la lagartija de hojarasca y la polimita no se ven en ninguna otra parte del mundo.

La lagartija o salamanquita de hojarasca es un pequeño lagarto de hábitos terrestres, es decir, vive en el suelo, bajo las piedras o el musgo y por lo general solo se le puede ver la cola. En cuanto a la polimita, especie de molusco terrestre, su gran variedad de formas y colores vivos hace de ellas un espectáculo para disfrutar.

Lagartija de hojarasca

En Cuba también existen algunas de las especies animales más pequeñas de su tipo. Por ejemplo, el zunzuncito o pájaro mosca, que es el ave más diminuta del planeta. Es un colibrí que mide menos de dos pulgadas desde la punta del pico hasta la cola. También viven en Cuba la rana pigmeo, que mide menos de media pulgada, y el murciélago más pequeño del planeta: el murciélago mariposa, que mide poco más de una pulgada y pesa entre dos y tres gramos.

Zunzuncito

Murciélago mariposa

Rana pigmeo

Tesoros de la humanidad

El güije de este cuento eligió para vivir una charca de entre las más de 600 corrientes fluviales que existen en Cuba. Una cantidad sorprendente para un territorio tan pequeño, ¿no te parece? El más caudaloso de estos ríos, el Toa, atraviesa el Parque Nacional Alejandro de Humboldt. En esta reserva de 440 millas cuadradas de extensión, situada en las provincias de Guantánamo y Holguín, se encuentra

Pájaro carpintero real

el 2 por ciento de las especies de flora del planeta. También viven allí numerosos animales característicos de la fauna de la isla, como el pájaro carpintero real, el almiquí, el catey, la polimita, el gavilán caguarero, la jutía andaraz y el manatí, entre otros.

En el año 2001, este parque fue declarado Patrimonio de la Humanidad, que es un título que confiere la Organización de las Naciones Unidas para la Educación, la Ciencia y la Cultura (UNESCO) a lugares específicos del planeta, ya sea por su belleza natural o por sus valores culturales o históricos. Aparte del parque Humboldt, en Cuba hay otros sitios maravillosos que han recibido este reconocimiento, como La Habana Vieja y su sistema de fortificaciones, los centros históricos de las ciudades de Camagüey y Cienfuegos, la ciudad de Trinidad, el valle de los ingenios y el valle de Viñales, entre otros.

¿SABÍAS QUE...?

En Cuba existe una palma que se considera un fósil viviente. No tiene flores ni frutos, pero su tallo es esponjoso y blando. De ahí su nombre: palma corcho. Esta palma viene del periodo Jurásico, cuando los dinosaurios dominaban el planeta. Es una sobreviviente que ha podido adaptarse a cambios ecológicos de millones de años.

El patriota y escritor José Martí es una de las figuras más sobresalientes de la cultura y la historia de Cuba. Nació en La Habana, en 1853, y falleció en 1895, en Dos Ríos, luchando por la independencia de su patria. En 1889, Martí publicó para los niños la revista La Edad de Oro, en la que incluyó un hermoso cuento en verso titulado "Los zapaticos de rosa". Búscalo y disfrútalo. Sus primeras estrofas dicen así:

Hay sol bueno y mar de espuma,
y arena fina, y Pilar
quiere salir a estrenar
su sombrerito de pluma.

"¡Vaya la niña divina!"
dice el padre, y le da un beso:
"Vaya mi pájaro preso
a buscarme arena fina".

Estatua de José Martí en el Parque Central de Nueva York.

Portada de la revista La Edad de Oro

¿SABÍAS QUE...?
Los estados de Alabama, Illinois, Kansas, Misuri, Nueva York, Nuevo México, Minnesota y Wisconsin tienen ciudades o pueblos llamados Cuba.

El deporte nacional de Cuba es el béisbol. En todo el país, muchos niños lo practican con el sueño de convertirse en destacados peloteros.

El béisbol llegó a Cuba durante la época colonial, en 1860, traído por jóvenes que estudiaban en los Estados Unidos, y no tardó en popularizarse en toda la isla. El primer juego oficial de pelota se realizó en 1874, en el estadio del Palmar del Junco, en Pueblo Nuevo, Matanzas.

Cuba ha ganado 25 campeonatos mundiales de béisbol y ha triunfado con este deporte en tres juegos olímpicos.

Al güije lo atraparon porque no pudo resistirse al olor del chicharrón (piel de cerdo crocante). La cocina cubana está llena de delicias tan irresistibles como esta. Su comida tiene detalles indígenas, españoles, africanos y chinos.

Si vas a Cuba no puedes dejar de comer "ropa vieja". No te preocupes, no se hace con ropa sino con carne cocida y cortada en delgadas tiras que parecen hilos. Tampoco te puedes perder el arroz con pollo y, mucho menos, los famosos "moros y cristianos", una receta en la que se cocinan juntos el arroz blanco y los frijoles negros y que se sirve como plato acompañante.

Ropa vieja

Otra de las delicias es el sándwich cubano, uno de los platillos más universales de la isla y cuyo ingrediente distintivo es la carne de cerdo. Y si eres vegetariano, no te preocupes: podrás comer yuca con mojo, un tubérculo de sabor suave que se sirve con una rica salsa de ajo, cebolla, aceite y vinagre.

Sándwich cubano

¿Quieres probar la garapiña?

Esta bebida típica de Cuba es deliciosa, refrescante y fácil de preparar. Cuando en tu casa se coman una piña, ¡no boten las cáscaras! Pónganlas (bien lavadas) en una jarra o vasija de cristal. Llenen el recipiente de agua hasta cubrir las cáscaras y tápenlo con una tela fina. Dejen fermentar la bebida durante un par de días. Entonces, cuélenla, endúlcenla a su gusto y sírvanla ¡bien fría! Ummm... ya verás qué sabrosa es la garapiña.

¡BUEN PROVECHO!

TRABALENGUAS Y REFRANES CUBANOS

En Cacarajícara hay una jícara.
¿Quién la desencacarajicará?

Si la puerta se sale de quicio,
dale, Patricio, dale, Patricio.
Si la puerta del quicio se sale,
Patricio, dale, Patricio, dale.

El perro tiene cuatro patas
y solo sigue un camino.

El que no tiene de congo,
tiene de carabalí.

Chivo que rompe tambor, con
su pellejo paga.

Quien el fuego enciende
que busque agua.

GLOSARIO

aborigen: Habitante originario de un país o lugar.

archipiélago: Conjunto de islas.

arraigado: Cosas como costumbres, valores o vicios, que son muy antiguos y es difícil que desaparezcan.

asesorar: Dar consejos.

cayo: Isla pequeña, plana y arenosa, muy común en el mar Caribe y en el golfo de México.

datar: Tener su origen, o haber aparecido, en un tiempo determinado.

difundir: Hacer que una noticia o una costumbre sea conocida o aceptada por más personas.

divinidad: Cada uno de los dioses de diversas religiones.

erradicar: Arrancar de raíz; eliminar por completo.

fluvial: Relacionado con los ríos y otros cuerpos de agua corriente.

fundamental: Que es lo más importante de una cosa o un asunto.

islote: Isla muy pequeña.

mestizaje: Cruce entre personas de etnias diferentes.

mito: Historia fantástica basada en dioses o héroes antiguos.

mitología: Conjunto de los mitos de un pueblo.

saquear: Apoderarse de la totalidad o la mayor parte de una cosa guardada en un lugar.

tubérculo: Parte de un tallo subterráneo o raíz que es más grueso y acumula una buena cantidad de sustancias de reserva. Por ejemplo: la papa.

CRÉDITOS FOTOGRÁFICOS

Páginas 20–21
La Habana Vieja, de Ferrantraite/E+/Getty Images
Malecón de La Habana, de B&M Noskowski/E+/Getty Images
Catedral de La Habana, de Colors Hunter - Chasseur De Couleurs/Moment/Getty Images
Playa Varadero, de Elisa Bonomini/EyeEm/Getty Images
Mogotes de Viñales, de Buena Vista Images/DigitalVision/Getty Images
Iglesia Mayor San Juan Bautista, de Devyn Caldwell/Flickr

Páginas 22–23
Dos niñas, de Inessa Akhmedova/Flickr
Niña y niño, de Guillaume Baviere/Flickr
Niño, de Guillaume Baviere/Flickr
Bailes guajiros, de Manuel Castro/Flickr
Hombre con guitarra, de Dassel/Pixabay

Páginas 24–25
Parque Humboldt, de Siewer/123RF
Camino en Parque Humboldt, de Flavio Vallenari/iStockphoto/Getty Images

Páginas 26–27
Dos niñas escolares, de Wagner T. Cassimiro "Aranha"/Flickr
Niños jugando béisbol en la calle, de Advencap/Flickr
Terreno de béisbol, de Guillaume Baviere/Flickr
Estatua de José Martí, de David Shankbone/Wikimedia Commons
Portada de La Edad de Oro: publicación mensual de recreo
e instrucción dedicada a los niños de América, de José Martí,
Vol. 1, No. 1, July, 1889

Página 28
Sándwich cubano, de Bhofack2/iStockphoto/Getty Images

¿Te gustó este viaje a Cuba?

¡Con **A LOMO DE CUENTO**
puedes conocer lugares increíbles!